JN192727

歌集

月下に透ける

長谷部和子

砂子屋書房

＊目次

第一章

第三章

装本・倉本　修

歌集　月下に透ける

第一章

鄙《ひな》の生家

家鳴りする鄙の生家にひとりなり豆粒ほどの消しゴムころがし

産院の看板多し列車待つ駅に医師の名も覚えてしまふ

わづかな差おきて上りと下りが着く列車の窓に雨滴散りばめ

地下通路歩く速度は前を行く巨体の男に合はすほかなし

半乾きの日傘たためば思はぬ嵩《かさ》山畑にもう日が照つてゐる

手の皮膚か紙石鹼かわからぬまで泡立ててゐた友と競ひて

カフェの扉《と》はずつと閉ぢられ連絡は豆腐会館へと貼り紙にあり

月明かり背戸より猫が出てゆけり仔が眠る間に早くおかへり

私雨

濃く淡く二層になりて大和川分岐の真上夕明かりせり

オニヤンマ乾燥しながら死んでゆくこはされぬやう空き缶に隠す

卓上の檸檬の冷え手に伝はりて端から端へころころ転がす

私雨《わたくしあめ》はクロスワードパズルで知ることば　今宵鈴鹿に降る雨がさう

隣室の椅子きしむ音確かめてまた眠りゆく　子はテスト中

霧雨の牛追ひ坂を登りきて真昼に灯ともす学舎が見える

風の森通れば

風の森通れば人を木枯らしが追ふと思ひき小さきころは

ころあひの漬物石が落ちてゐた鉄橋の下の石積むあたり

魚の群れはつきりと見え海中へ続く石段降りてゆきたし

ねうねうと猫の鳴き声つややかに「若葉の巻」に出でくる猫の

文庫本繰れば現はるページすみ折り重なれる三角形は

屋根の上に質屋くろねこの看板が見えくるところ実家はもうすぐ

木戸下に猫の出入り口ありし家　貫木《かんぬき》通す金具も錆びをり

雨戸ひき枢《くるる》を落とす雷《らい》の夜祖母の肩ごしに見し稲光

母と見る桜は二分咲き幹近くまばらに白く開き初めたり

スヌーピーの弁当箱も引っ越しぬ家具なき娘の部屋広く見ゆ

淡々と歳月過ぎておばあさんとなる生良《せい》きかな　猫の爪切る

深呼吸は

深呼吸は猫抱きしめて　猫の体《たい》遠くなつたり近くなつたり

足指で赤いスリッパ探しをり触れたる猫の腹やはらかし

声震へ早口になれどこの怒り言ふべきことは言はねばならぬ

自分だけの理屈かも知れぬ酒に酔ふ頭《づ》でまた論を並べ始める

言ひたきことメールに打ちて読み直す　これぐらいなら言つてもいいか

乾ききらぬかさぶたの上を掻くやうな痛みとなれり　子に言ひつのる

その人の逆さ鱗はどこにある　背後へ近づく小さく一歩

ぬかるみの道ばかり行く下闇の向かうに黄《きい》のすべり台ひとつ

しやがみこみ動かぬ子とゐる登校をしぶる硬質の空気に押され
不安感が伝はつてくるよ坂のぼる小さな歩幅揺れるカバンに

アイスティー

汗拭きて黒板に向けば民家より醬油のにほひくる真昼なり

暗幕の隙間より夏の日はさして大型の図書わづか傾げり

アイスティーに薄き氷の浮かびをり発言終へてグラスのぞけば

そよ風にかすかに揺るる八重桜目で量りをり花の重みを

路地奥の瀬戸珠算塾の薄明かり消えるころなり駅へと向かふ

嵐の夜ひとつ家に子の眠る気配確かめてまた目をつぶりをり

白シャツにナラの葉の色映し出し二輛連結車谷あひに入る

ケンケンパ石畳道に二人子の足音消えるやうな日ざかり

肩に手を置かれることは苦手なりむかで競走の最後尾につく

聞き役に徹しきつたと一日《ひとひ》終へ骨の鳴る背より寝椅子に沈む

父の言ふ家

どこからか花火のやうなにほひしてホタルブクロに朝露ひかる

八十《やそ》過ぎてなほ帰りたきは川沿ひの養家《やうか》ならむか父の言ふ家

石垣の上からずつと見てゐたり郵便配達夫坂登りくるを

山畑のむかうから母が現れる前掛けいつぱいトマトを摘んで

薄赤の日のにほひするトマトかな前掛けより母の取り出すは

食器棚は観音開き自転車のカギとてるてる坊主つるして

皿小鉢あまた沈める洗い桶生ぬるき水ぽたぽたしづくす

寄り添ひて真桑を選ぶ写し絵に見知らぬふたり父母となる前の

西日中影ふみ遊びの子らの影長く伸びをり防火槽まで

「こっちだよ」　紫の実をかごに入れ樹下の小道を幼が先ゆく

のこぎりの切れ味

白線がゆつくり曲がる上り坂登校しぶる子と母が立つ

のこぎりの切れ味試す跡ばかり机に残る木工室の

青嵐プリント一枚飛ばしめて生徒ら騒立つ真昼の窓に

伊予柑のにほふ手のひら見せにくる種吹き飛ばす競争に勝ち

水の上に秋の夕日の輝けり「アエイウエオアオ」声を遠くへ

さびしいは禁句

さびしいは禁句と決めて向き合ひぬ部屋なかばまで冬陽入りくる

三人の手をつなぎても測れぬ幹　銀杏の葉散りてなほ静かなり

祖母《おほはは》の遺せる着物は納戸《なんど》色藍深くして灯に浮かび来る

水縹《はなだ》の小紋の似合ふ伯母なりき形見分けにて再び見《まみ》ゆ

柿の実が二個残りをり　山の上の給水塔が見えくるあたり

校庭のすみに朽ちたる百葉箱寝床とするか猫が出てくる

坂のどんつき

上海の地図広げては眺めたり畳みじわつきて破れさうなり

つくし摘む線路ぎはより見下ろせる避病院跡は雑草の中

菜畑《なばた》の名宅地となるも残りたりこの辻でよく友を待ちゐき

給水塔が見えてきたなら家近し八重桜咲く坂のどんつき

（どんつき……突き当たり）

ゼラニウムの葉裏明るし母呼べど返答はなし童謡歌《うた》ひをり

部屋隅にかがみて母が目を拾ふ　編み機の音はしばし途切れき

いちまいの絵に会ふための旅となる庭の離れ屋に灯れるあかり

椅子のひだまり

白地図のガロンヌ川にワイン色を塗りたき日なり　ワイン運ぶ川

駅伝は六郷橋にさしかかる正月の部屋に猫のいびきが

紅茶舗の寺町店はこのあたり息吹きて飲みし雪の日遠く

暗やみでも在り処はわかるちりめんのしぼを頼りに手繰る帯揚げ

影広く地を占めゆけりこはばりて傾ぐ西日に残り柿わづか

冬日浴び猫を抱けばふうはりと和毛《にこげ》が顔にはえる心地す

電話待つ時はゆつくり過ぎゆきて青く冷え増すガラス窓を見る

校廊の制服見本着るマネキンいつも客人を待ちゐるごとし

密談にぼくも入れてといふやうに猫のしつぽは大きくまはる

誰もゐぬ椅子のひだまり美山への小型バスを待つ　まだ五分ある

げんのしようこ薬缶《やかん》いつぱい煎じる香漂ふ部屋も祖母につながる

母の口癖

隣家との境界にある茶畑の葉を摘まざりき　白き花咲く

理由など何でもよかつた泣くわれは園庭を出る母を追ひかけ

辻子《づし》と呼ぶ袋小路の突き当たり耳の垂れた犬ゆつくりと立つ

祝ひ膳前掛け拒みぽろぽろと飯粒こぼす父も席にゐる

井戸端の衣類に埋もれこときれし生母《はは》の顔知らぬ父八十過ぎぬ

おぶはれし背の弾力を父は言ふ生母《はは》をわづかに覚えゐるらし

仏壇の白百合強くにほふ夜は母の口癖繰り返してみる

経机に螺鈿《らでん》細工の孔雀あり本堂の闇に飛び立てばよい

薄き字のメモがたくさん出できたり祖母の抽斗絹糸さがせば

夏祭り近づく社に千個超す試験点灯くりかへす真昼

厚紙の切符

絵はがきを一枚書いたら出かけよう雲ひくく垂るる坂の向かうへ

あいづちの弱さできつとわかつてしまふ夜更けの電話で長く話せば

眠りばな歌のしつぽが逃げていく金魚ちやうちん揺れる窓辺へ

厚紙の切符なつかし手のひらに握ればば角の跡四つつく

指ぬきの糸ゆるみたりゆかた地に走る母の手小さき縫ひ目

こより綴ぢの帳面繰れば女学校で習ひし唱歌　母の写したる

こほろぎを入れてもらひし空きビンはまだ味知らぬマヨネーズなりき

金だらひの凹み

半日を栗の渋皮むき続く口を閉ぢ指黒くしてただ

小学校けふは休みますと母が言ふデイサービス車の来る刻迫れば

着ることなき古着の山に埋もれてどれを捨てよう母は娘《こ》に問ふ

父の言葉母には理解できたのか　手を重ねをり血管の浮く手に

家霊とふものに会ひしかつろく合ふ母の言葉にわれもうなづく
（つろく……近畿地方などでつりあい、平衡、つじつま）

立ち話終はりさうでゐて終はらない前掛けを引き母をうながす

金だらひの凹みなつかし銅《あかがね》の重きを子の手がやうやう持ちて

マーカーの文字

消しゴムで遊ぶのはもうやめなさい　ころころすつとんとんと猫も跳ぶ

これが足これが頭と娘《こ》は示す胎児の写真メールで送りきて

「あつ、カレーや」ドアを開け子が走りくる長き廊下はにほひのトンネル

冷蔵庫にカニ入れとくよ　メモ書きのマーカーの文字追へばから読める

寒天のふるふるふるふるふあやふさに枇杷の実ふたつ閉ぢ込めてあり

千代崎の上《かみ》にもうひとつ橋がある渡つたことなし海近き橋

ひとひらづつ

ひとひらづつ桜花びらに似せてゆくそれしかすべなし色を重ねて

輪郭の淡き絵描きたし心など伝はらなくてよしとさへ思ふ

「オイデコフ」祖母の文箱より出できたる電報の印は大正五年

ナフタリンのにほひなつかしたたみ皺つきし制服にタイも添へられ

簞笥より母が取り出す泥大島かたみ分けにはまだ早すぎる

お母さん犬はゐましたか　夢うつつの間ゆききす長き話に

ありがたう　母の言葉は心など伝へ来ずただ口にするだけ

もつと違ふ展開などを描きしか外よりもどり水の粒払ふ

わが手でも扱ひかねる自意識に眠るしかなし明日考へむ

文旦の重さがうれし浮き上がる心につけて丁度の重さ

財布より取り出す札がにほふなり雨激しき夜子はまだ戻らず

第二章　虹色に輝る——旅の歌百首

〈国内〉

平成十七年　三陸

「二戸《にのへ》晴れ大船渡宮古雲多し」耳慣れぬ名に旅だと思ふ

海近く青い駅舎あり「カルボナード島越《しまのこし》」とぞ賢治に依りて

岩手県　龍泉洞

音響かせ鉄梯子のぼる洞上より青く透くみづ地底湖の見ゆ

岩手県　八幡平

勾玉のやうな水面ぽつかりと湿原にあり白雲映して

山形県

酒田行きを待つ余目《あまるめ》駅二番ホーム端がうつすら雨に濡れをり

振り向きてリュウキンカと名を伝ふ彼もこの花に目を留めたのか

栃木県　戦場ヶ原

ワタスゲのページを開き尋ねゆく木道はあり水なき湿原に

新潟県　佐渡

目的地に着いたと知らず混雑の中に紛れをり宿根木《しゆくねぎ》に来て

路地をゆく地元ガイドにつきゆけば三角家《さんかくや》とふ名所に出たり

船板で家のまはりを囲ひたり廻船業で栄えし宿根木

北端へ一時間行けど店舗なし佐渡に小さき入江が続く

岐阜県　美濃

ひとしづく化粧水などてのひらへ　すつぴん屋とふ店に立ち寄り

干菓子屋の抜き型は日にかわきゆく桜いろの糖少しはみ出て

美濃町はかつて上有地《かうづち》と呼ばれけり紙運ぶ舟馬つなぐ石

天井に明かり取り窓ひとつありつま先立ちて灯《ひ》のひもさがす

通り間はわづかに二畳雇ひ人ら知らぬままらし奥の間の並び

美濃町は目の字型の町割りに紙を商ふ店隣り合ふ

岐阜県　中津川

屋号「すや」は酢を商へる店なりき栗の木さわさわ栗菓子を買ふ

静岡県　天竜二俣

雨傘を日傘がはりにさして行く天竜の丘の美術館まで

長野県　松本

千歳橋《ちとせばし》渡れば近しはかり資料館あんずを吊るし棹秤よむ

峠道に水仙を積むトラックとゆるゆる行きかふ　路肩には雪

長野県　安曇野

有明との声にボタンを押してしまふ子の住みし家この辺りならむ

穂高駅開かぬドアの前に立てば「開」のボタンに横あひから手が

石の面に抱き合ふ女男《めを》の道祖神木橋渡ればすぐ見えてくる

長野県　池田町

木の半径五メートルほどに落ち葉せり夕暮れに訪《と》ふ五色カエデは

カエデの木薄暮の中に枝ばかり落ち葉の外輪《そとわ》ふたりで駆ける

大樽が小春日浴びて干されゐる「大雪渓」の蔵の前庭

長野県　大町

僧の名の常念坊からつけしとや山の肩あたり綿雲かかる

信濃なる中綱湖畔のバス停は海の口とあり　海遠けれど

姫川を何度も渡り谷間《たにあひ》を大糸線は国境《くにざかひ》に入る

長野県　東御《とうみ》市

海野宿《うんのじゆく》街道の端を水流れ朱のカンナがによきつと立つ

長野市

「三才」といふ無人駅背に写れり子は孫連れたづねゆきしと

長野県　諏訪湖

目覚めれば湖沿ひの道続きをり高浜を過ぎ上諏訪に入る

長野県　須坂

筆をもて雛のちり払ふ紙縒《かみより》で結ぶ美濃和紙は綿帽子となり

大阪府　富田林《とんだばやし》

二階家の虫籠窓《むしこまど》よりのぞきけむ恋人の訪ひ石上《いそのかみ》露子は

四層の屋根の連なり美しく杉山邸は露子の生家

千早へと通ふ道あり寺内町歩けば猫が脚に寄り来る

街道の交差するところ酒樽を積む日だまりにたんぽぽ二輪

道端に紙びな飾られ右の道高野《かうや》へ続くと石標はあり

足袋の絵の木の看板も残りをり通ひ帳には律儀な字の跡

寺庭の白き桜はぼつてりとふくらみ迫るレンズ隔てて

三角の石窓ゆ落ちる白い空雨滴はどこから探してゐたら

奈良県　明日香石舞台

街道の家並《やな》み静かに息をつぐ牡丹花散りしのちの長谷寺

奈良県　長谷寺

蝶のごと衣ひるがへし駆け下る僧の青色まならうらにあり

北海道　松前

南殿《なでん》ならほぼ正確に当てられる城内に咲く桜ひとまはり

紅豊《べにゆたか》・北鵬《ほくほう》の札　こんな名の力士ゐさうな桜見本園

北海道　函館

今宵また月読男《つくよみをとこ》あらはれず左右《さう》に海迫る半島のくびれ

山口県　仙崎

生家への見学口は本屋から土間にみすゞの本高く積めり

島根県　津和野

油引きのかすかなにほひ　廊下には桟の平行四辺形の影

まるい山三つ重なりその前に黄色い電車がずつと止まつてた

島根県　出雲

十月はわが生まれ月出雲にて神在月《かみありづき》とふ言葉に出会ふ

しばらくは湖沿ひ走る一畑《いちばた》電車しじみ採る舟さざ波立てて

鹿児島県　坊津

明代の書物に名あり坊津《ぼうのつ》は鑑真の上陸せし港なり

坊津に人の気配絶え唐風の朱の船浮かぶ鑑真の世の

ジャンケンに勝つた子の声弾む道パイナツプル と大きく六歩

京都府　丹後

海沿ひの路地に迷へばちりめんを織る機の音家内より聞こゆ

魚市場の床には絶えず水流れうろくづ飛ばせば猫ら寄り来る

猫相のよささうな三毛まづ魚に飛びつき脚で押さへかかれり

兵庫県

退避線で列車の通過待つ五分香住まであと三駅と知る

弁当と茶をまづ買ひて待つ列車嵐で遅れは二時間に延ぶ

各停を乗り継ぎて着く上郡《かみごほり》次の列車まで豪雨に濡れて

岡山県

杉玉のフクロウつるす家もあり智頭《ちづ》往来のゆるき坂道

道問へば八朔を選る手を止めて菅公の井戸へ伴ひくれたり

広島県　大崎下島御手洗《みたらひ》

〈海外〉

ペルー

テント張りの中は迷路なり土産物売る店主との掛け合ひに慣れ

インカ米の飯の上にカレーかけて食ふ市場のすみに商人の子ら

アンデスの塩の計り売り一ドル分三つ買ひて行く市場の迷路

イギリス

じやがいもを天秤ばかりに載せたままブロンテ姉妹どこへ行つた

石窯のパンの焼け具合見るためにもどつて来さうブロンテ姉は

市庁舎の前の広場に人だかりねずみ男が逃げたと言ふか

ドイツ

この角を曲がればふたつ尖塔が見えてくるはずぶだうの葉越しに

トルコ

リヤカーは大きく右に傾きて虹色に輝るポリタンクの水

名産のピスタチオの実はまだ青しざるに山盛り二リラと言へり

遺跡には自由猫などよく似合ふ黒追へば白、まだら現はる

ザクロの実いまだ熟さず枝を揺り身に引き寄せる空の青さごと

メドゥサが地下宮殿の柱頭を支へるを見る横様の顔が

ザグレブザグレブ《クロアチア》ざんざん降りよ傘を上げ二本の尖塔すばやく写す

ご亭主は甘やかさぬこと　遅れがちの夫振り返らず先行く妻が

バス窓にいくつもの島通過する　夫を呼ぶ冷えた声耳にあり

朝の陽は塔の背後より昇りきて靴音固く広場を過ぎる

チェコ　プラハ

広場から館が並ぶヨゼホフへ　ヘブライ文字の時計逆回り

太い糸は人形の胴につながりて首の傾斜にわづかな憂ひ

ごつい腕突如あらはれ名優を釘にかければだらり　人形に

ぎりぎりに職場に飛び込みほんの少し出世したらしカフカとふ男

遺言を守らぬ友のゐればこそカフカのノート焼かず残れり

幅広は右の塔なり塔の影広場に長く伸びてゆく午後

カフカ似の勤め帰りの男に会ふ書く楽しみを知つてゐさうな

仕事場は錬金術師通り22　カフカは急ぐ想忘れぬやう

父と子と祖母と子と母一台のバイクに一家族ハノイは夕焼け

ベトナム

何か言ふシクロの運転手指さすはオペラ劇場のファサードらしき

歩道脇タライに皿を浮かべゐて菜も魚も洗ふ水揺れてをり

南イタリア・シチリア・マルタ

メロスといふ単純男ゐるかもしれぬシラクーサの市にさがしに行かな

封蠟の色は赤なりバルサミコ酢の雑誌の切り抜きたたみかばんへ

（バルサミコ酢……イタリアの高級醸造酢。ワインビネガーの一種）

友からの絵葉書を見て知つてゐた要塞ヴァレッタの石積みさがす

それぞれの興味のままに見て歩く　時に振りむき君の妻を見よ

ポンペイの遺跡案内は犬のジョリイ首輪なき犬ら従へて行く

アーモンド菓子全種類買ふわら半紙に十個ざつくり包みくれたり

洞窟の壁に耳をあて悪評を聞いたのだらうディオニソスさびし

石段《いしきだ》の両端まるく風化してなだらかに底へギリシャ劇場は

懺悔とは愉楽となるか聞く者の耳へつややかな言届けたし

厚き布たくし上げても薄暗し人気《ひとけ》残れる懺悔の小部屋

第三章

アイスクリン

土壁に這ふつたの蔓は細密な古地図のやうなり　朝日があたる

運河沿ひ酒造工場に体操の列が広がる八時二分前

入母屋《いりもや》の廂《ひさし》の影の濃き側を選び出てゆく　夏の日中へ

幅広で平べつたい豆がモロッコよ臨月の娘が袋を見せる

天花粉とふ物探し買ひて来ぬ母の背筋にはたくは気休め

右膝よしつかりせいと大号令立ち上がる母に大き湿布薬

「アイスクリン買《か》ふたらええ」とかくしから父が取り出す銅貨のにほひ

小さき嘘つきたき夜なり　繰る画集塗りこめられた絵具はにほふ

よう寝たとあくびをしつつオルガンの闇から這ひ出る猫は十六

舟の櫂バスに持ち込む男から魚のにほひす長靴からも

銀河へと続く道母と行くごとし暗き車窓に顔が浮かびて

来年の約束はもうせずにおかう信濃への道母に遠すぎる

父を呼べば

菓子パンを温めたミルクで飲みこめり父の喉仏大きく上下す

父を呼べば薄く眼をあく枕辺に消えゆくだらうやがて喘鳴《ぜんめい》も

チューブは首の静脈に伸びてをり指はミトンで厚くおほはれ

灰色の父のチョッキは掛けてあり　主なき椅子も家族と並ぶ

Mの字に組む父の脚納棺時に伸ばされやうやくゆるびてゐるか

式後すぐ掃き清めたり寺庭にくぢら幕の杭残りゐるのみ

父の言ふ甲種合格の体《たい》焼かれ火箸で崩す美《は》しき頭蓋を

だんだんと父が遠くなる七日ごと法事に八人の親族《うから》集ひて

当たりくじあつただらうか晩年の父は袋を開けることなく

下駄の音高く歩みくる若き父黄の法衣より伽羅《きやら》にほひけり

父の円母の輪からも抜けられぬ生かも知れず　金魚草を買ふ

誰かれに会ひさうでゐて会はなかつた夜道食パンぶらさげ帰る

大きな字

河野裕子先生二首

大きな字ホワイトボードをすべりゆくこの一首から佳境に入るらし

脱線がおもしろかつた「よその人にゆふたらあきません」笑ひて聞きし日

燭台に触れれば指紋がはつきりと残るでせうね　桃の皮のごと

二つ三つ菓子器の中より選び出すゼリービーンズ　向かうは透けない

学食よりただよふ油の焦げるにほひ　農場までの道が好きだつた

あれは何の実験だつたか薄けむり広口瓶に一筋揺れるは

グラウンドにトンボをかける部員ゐて黒土あらはる　おととひは雨

上白糖の箱

バスを待つをさなが言へり行先ははうれん草と　法蓮町を

やんはりと上り坂になるこのあたり油阪駅の跡何もなし

もの言はぬは言ふべきことがないからか土間にうつむき靴先を見る

もともとは青かつたはず複写紙の分厚きファイル窓辺に二十年

オブラートの下に文字透けて散薬の効能などが七行くらい

本家から分家へと順固く守り品配りゆく習はしありき

上白糖の箱ひとつ分軽くなる本家の門《かど》に母を待ちゐて

さびしさはかはたれ時にきざすのか母亡きあとも電話は鳴るらむ

胴長の赤いポストが残る大路日傘の影がふたつ過ぎゆく

旧住所は額田部《ぬかたべ》北町　王《おほきみ》とかかはりあるか問はず過ぎたり

きいちのぬりえ

リネン積むトラック過《よぎ》る運河沿ひ明日《あした》は海へ行けるだらうか

逆光の橋の向からうに見えてくる手足けだるきラジオ体操

菓子包む和紙ていねいにしわ伸ばし缶に入れおく母の机上の

平穏なこの時間こそ耐へられぬ見舞ひ客なし二十日過ぎれば

手術日がまた延びてしまふ九十歳の体力出血に耐へられるのか

金属釘骨の空隙に埋めるといふ利き手に持てど結構重い

夕橋を人らと渡る首筋を油のやうなもの流れ落つ

すぐ近くにドームが見える鳥ならば五キロの距離をまつすぐ飛べる

母は塗る「きいちのぬりえ」　赤以外長いままなり平たき箱に

包帯を巻く母の動き確かなりわれも手に取る冷たきそれを

母に会ひ今日こそ告げねば退院後帰るところは家ではないと

終点は天保山《てんぽうざん》なり標示板に見るのみの地名　通ひて三月

午睡よりさめれば部屋はほの暗しもう母の服たたむ要なし

傾きやさし

転居先不明のままに年経りし友の顔もう思ひ出せない

線多く名簿に引かれクラス会はこれで終はりと母はつぶやく

山姥であつたかも知れぬ高畑を往き来せし母にこの三畳間

子の名さへ忘れてしまへり母植ゑし風船かづら庭に揺れをり

疲れたら背を預けるに丁度いい傾きやさし子の使ひし椅子

夏日浴び外箱の辺たわみけり模型売る店路地の入口に

前の子のうなじの汗を見てをりぬ夏の講話の長さに耐へる間

菜で包むにぎり飯二個手の上に乗せてくれたり隣席の人は

たそがれ時症候群

富雄ゆきバスに遅れたと夜も言ふ雪に出られず母の脚では

お見舞は花と決めてゐる丈長くガラス瓶に挿す菜種の黄色

菜畑《なばた》から一分《いちぶ》へ向かふ土の道水たまりを跳び友追ひかけて

「ひかがみ」は膝の後ろのくぼみにて母に残れる火の跡思ふ

丈をもつと短くつめて　母のはく黒のはズボンと呼ぶしかなくて

水仙の水を換へたよ　ただひとつ母の仕事を勇んで言ひぬ

依存する妻とわれを呼ぶ声聞こゆ円卓の向かう娘は花越しに

ハレの日はもうおしまひよ隣家よりもらひし青菜ざくざく刻む

緋の楕円の向かう毛糸を玉に巻く若き母の顔ふとよぎりたり

眠る母頤《おとがひ》の位置は変はらない酸素マスクに鼻は隠れて

一歩づつ持ち上げ運ぶ歩行器のはるか向かうに椅子が待ちをり

どつこいしよ　一度座れば再開はもう無理だらう母のリハビリ

仏さんにごはん供へて水換へて　家の方《かた》向きせはしく指示す

ひにちぐすり

新涼といふ日たしかに始まりて猫の毛並のやや密になる

けふ何度ひにちぐすりと聞きしかな母への言葉われにも向かふ

眉を下げゆつくり笑顔つくる母その数秒を見守《まも》るはかなし

橋に射す光の量で思ひ出す母の見舞ひに渡りし秋を

母と来たら寒がるだらう　ブランコは公園に揺る誰も押さぬが

菊人形の歌

ころがりて不思議な軌跡ゑがく螺子《ねぢ》その深き溝をしばしながめる

薄ら日に洗濯機まはり猫眠る　久方ぶりの街へ出てみよう

猫が掻くトイレの砂の音響く深夜ふたつの部屋を隔てて

夢で逢ふ人みな恋《こ》ほし菊人形の歌知らぬかと問はれし師はも

頬杖の上にいつものゐくぼ浮かぶ顔がのつてゐた「なあ」と友を呼び
（カルチャーセンターでの講義中）

池を埋め住宅地となる遊園地菊人形を見しはいつならむ

荒草の中ゆ木馬の耳のぞく　鎖して二年遊園地跡に

にやんこの木

月の暈《かさ》友と振り返りふりかへり渡りし木橋　今年すでに亡し

黄変し卓に置かるるりんご半個なぜに急いで出かけたのだらう

手に渡すひとつのピース「もう飽きたジグソーなんか」と母は不機嫌

「がんこ爺」姉弟みんなで呼びしこと知らず逝きけむ　三年が過ぐ

猫の寝息に音が似るらむ祖母言ひき「猫が雑炊たいてゐるよ」と

雪まじりの雨に変はれりまゆごもるごと眠る子に会ふ日待ちゐる

ののさまと月を呼ぶ子らと眺めゐて越《こし》の雪道みしつと凍る

十七屋と呼びし飛脚便たちまち着きの語呂合はせとか　読みてをかしき
（陰暦十七日の夜の月は、立ち待ちの月）

姪の婚風待月にととのひて姉女房は三代つづく

にゃんこの木と酒田あたりで呼ぶらしき指に触れをりつやめく銀を

医院への道すがら母は出遭ふたび浚渫船《しゅんせつせん》の意味問ふてくる

表紙絵を何度も撫でる母の指　雨に駆けだす女男《めを》の姿あり

キャラメルの溝

朝顔の種袋に耳寄せて振る師も聞きをらむかそけきその音

「たね源」は賀茂川沿ひなり黄のビオラ選ぶとき身に添ふ気配感ず

帰りたいとまた母が泣く夕暮れに荷物まとめて　家はここなのに

祖母が言ひし「はしりもと」とふ語辞書にありをぐらき厨に水甕ふたつ

水汲みはいつも子供の仕事なりき光は甕に射す天窓より

石切と生駒の間に孔舎衙《くさか》とふ駅ありしこと知るはいくたりか

きれぎれの記憶の継ぎ目に母を詠む長子のしんどさ伝へられずに

倉庫街ひとまはりして夕顔の咲く道に出たり猫をさがして

黒猫が毛づくろひしてゐると子が指さすビルの細き片陰

キャラメルの溝深くするは砂糖高のゆゑなど思ひパラフィン紙開く

子らの名

玉の緒を描きくれし師の声若し　この夏も同じ教室に行く

何回もレースのハンカチ折り直す話が軌道に乗るまでの間を

師の忌日歌を作らず過ごしをり花に水やり猫と遊んで

「さびしい」は「錆」からきたと思ひをり　扇風機が回すぬるき風

子らの名をけふは正しく言へました「わかってるがな、そんなん」の後に

鏡には車椅子押すわれ映れり母と似てきし面輪を伏せる

壱分《いちぶ》とふ地名残れる社近くかつて荘園を三分した由

まからん屋

「まからん屋」を京に見つけたりお手玉やぬり絵を買ひし店と同じ名の
（まからん屋……「値段を安くできない」という意味の店名）

すずめさへ怖くてならぬ箱入りで十九の夏を越えたり猫は

水滴の浮くやかんより注ぎ入れ水漬《みづづけ》食ぶる君若かりき

海の水川へとかへるころほひか岸辺の黒き筋までわづか

法隆寺

九輪《くりん》には雷除《よ》けとふ四本の鎌が立つらしはるかそれと見ゆ

薬師寺

東塔の水煙《すいえん》が地に降りてくる天女の舞を近づきて見む

背《せな》にさす深き日ざしに冬を知る水脈《みを》長く曳き船過ぎゆけり

月下に透ける

両腕の輪の中にもう猫をらず廊下を歩むかそけき音も

三角の耳が枕のこのあたりと撫でてゐるまだ不在に慣れずに

荷をつくり門前に明日の迎へ待つ月下に透ける母はさびしく

波のうねりいつまでも岸を揺らしをり橋の下出て船はゆく海へ

鍵あける音を聞きつけ駆けてくる猫すでになし旅よりもどれど

悲しみがまだまだ足りない　どつかんと来るだらう日を恐れつつ待つ

肉球の赤

着付けしてよそほひたりし春の日ははるかな昔髪結ひの家に

木戸閉ざす母屋の桜切られをり回覧板を届けし旧家の

肉球の赤は血の色太き脚放《ほ》り出し眠る猫の持ち時間

風通る道を選んでいつも猫の寝場所ありけりわれもならひ臥《ふ》す

戸袋に何枚もの戸をしまひをり皐月《さつき》の庭も山もひとつづき

地図帳に残る旧姓をマジックの黒で消したりハート型に塗りて

正露丸のやうなにほひが漂ひくるまだ暮れきらぬ町のどこからか

大男ひよいと赤児を肩に抱き寄りて来たれり　「こつちの席だよ」

お見舞ひの一六タルトほほばりて母はうかがふ配膳車の音

篠ノ井線姨捨駅《しののいせんをばすてえき》

みそら野は深空野《ふかそらの》とふ記録あり村の鎧戸を風鳴らしゆく

狭《せば》き土地の意味もあるらし洗馬《せば》といふ宿駅めざし日陰を歩く

峠越え木曾から伊那へ嫁にきた二十の伯母は駕籠に揺られて

酒飲むと饒舌になる伯父もゐて宴が果てれば杣道《そまみち》暗し

窓に寄り棚田眺めむ篠ノ井線姨捨駅に登りつめれば

外観は倉庫のやうだ勝手知る友にしたがひ美術館に入る

中庭の樹木の騒ぎをさまれりグラスの中のライムをつつく

風葬の習はし残る地は遠し　高き峰には莢雲《さやぐも》浮かぶ

菜の花の迷路をすすむ育てたる子らの自画像の札を見ながら
いいことが起こりさうだね母とならび藍に移ろふ空を眺める

もうない切符

鉄橋を踏み渡る音遠のけり友とその母は月光の中

飯杓子ひとつ厨に古りてあり宮島みやげをわれも忘れて

寺庭にをさなき父も遊ぶらむ龍田大橋渡り養家へ

手の中に握りしめてゐたはずなのにもうない切符、曾祖母の記憶

空いろのクレヨンちつとも似てゐない　子が怒り出し投げる画用紙

あかときの夢

Y字路の右の奥には名画座と自信なきまま交差点に立つ

てんてんてんてん雪の轍《わだち》に添ふやうに梅の文様郵便局まで

ガラス張りの跨線橋から見おろす雨みづうみに沿ひ傘遠ざかる

あかときの夢に逢ひたりかまきりとあだ名で呼ばれし数学の師と

畳の上《へ》の行李《かうり》を舟と乗り込みし二人のいとこ彼の岸に着く

赤さびの溶けた水たまり町工場の機械の音と幼き日はあり

鉄板を断つ音いつも聞こえをり子らは運河に舟漕ぎてをり

オオバコの原にはだしで歩き出すこの辺少しあたたかいと言ひ

ぬぐひても

だらだらと過ごせるはずの日のだらだらうまくなじまず眠くもならぬ

おとうとを取り上げくれし産婆さん割烹着たたみ真夜帰りけり

小さきころ祖母より聞きし「のつこつ」はオノマトペのやう粥を前にして
（のつこつ……近畿地方の方言。もてあます・箸が進まない状態）

さういへば松虫といふ電停あり堺へ向かふ薄明りの町に

ねぢまはしひとつ机上に残されて　子が父となり一年が過ぐ

ぬぐひても紙面の撓み残りをり指の間のかすかな湿りに

椅子の列整ふ部屋にひとり入り誰か来るまで蛍光灯かぞふ

堂内にまかれ散りたる蓮形の紙片が散華《さんげ》と長く知らざる

散華には戦死の意味も辞書にあり知覧に会へり若き飛行兵

玉子屋に売るため布で鶏卵をぬぐふ日々ありき母に倣《なら》ひて

お年越しと姑《はは》の言ふ語ははえばえし　卓に大皿小皿並べて

期待せず不安も見せず子を帰す厚きことばは子の負荷となる

みつばの香すれば摘みし日を思ひ出づ母なき生家日だまりの庭

柴折戸《しをりど》を梅東風《うめごち》揺らす夜がくる生家で眠る最後とならむ

（梅東風…梅の花が咲くころに吹く東風）

跋文——過ぎてしまった時間を、リアルな言葉で

吉川宏志

長谷部和子さんの歌には、古い家の暗い影やしっとりとした匂いが漂っている。そんな家の気配は、大人よりもむしろ子どものほうがよく知っているのではないか。私自身も、子ども時代に住んでいた家の体臭のようなものを、今でも鮮やかに思い出すことがある。その意味で、長谷部さんは、幼いころの感覚を、今も持ち続けている人だと言っていい。

家鳴りする鄙の生家にひとりなり豆粒ほどの消しゴムころがし

巻頭の一首は、その特徴がまさに現れている歌。木造の家がときどきパシッと音を立てるのは不気味なものだが、その音を聞くと、一人でいる寂しさがさらに強まるのである。「豆粒ほどの消しゴム」が、懐かしくおもしろい題材で、それを触りながら、子どものころの記憶を蘇らせていたのではないか。後でも触れるが、「消しゴムころがし」の字あまりのリズムも、長谷部さんの歌の特徴で、粘りのようなものを生み出している。

八十《やそ》過ぎてなほ帰りたきは川沿ひの養家《やうか》ならむか父の言ふ家

巻頭の歌の「生家」に対して、この歌に詠まれているのは「養家」。父は養子に出されていたのだろう。ちなみに私の祖父も親戚筋の子どもの無い家に養子に出されたそうで、昔はそんなことがよくあったようだ。

八十歳を過ぎて、昔の家に帰りたいと父が洩らすことが多くなったのだろう。そして、実の親よりも、養家の親のほうに愛着を抱いていることが、はっきりと見えてきたのだ。淡々としているが、実の親にはあまり会わずに生きてきた父の哀感が、じんわりとにじんでいる歌である。「川沿ひの」という一語がよく効いていて、当時の暮らしぶりも見えてくる感じがする。

手の皮膚か紙石鹼かわからぬまで泡立ててゐた友と競ひて
寄り添ひて真桑を選ぶ写し絵に見知らぬふたり父母となる前の
のこぎりの切れ味試す跡ばかり机に残る木工室の
畳の上《へ》の行李《かうり》を舟と乗り込みし二人のいとこ彼の岸に着く
玉子屋に売るため布で鶏卵をぬぐふ日々ありき母に倣《なら》ひて

懐かしい情景を思い出させる歌は、歌集中に数多い。その中からいくつか。一首目の「紙石鹼」、今はもうほとんど見なくなった。手の皮膚と「わからぬまで」という表現がとてもよくて、あのぬめっとした手触りがいきいきと蘇ってくる。

二首目は、自分が生まれる前の父母の写真を見ているのだろう。果物屋の店頭なのか、「寄り添ひて真桑を選ぶ」二人が、映画の一場面のように浮かび上がってくる。過ぎてしまった時間の哀しさが伝わってくる歌である。「真桑」という物が、みずみずしい存在感を放っている。

三首目の「のこぎりの切れ味試す跡」も、おもしろい物を見つけている。いつの時代の男子生徒も同じような悪戯をするものだ。似たような傷跡を見たことがあるなあと思い出す読者も多いのではないか。こうした具体物が入ることで、歌は共感させる力を強めていくのである。長谷部さんは中学の先生をされていた人なので、校内でよく見かけた風景なのかもしれない。

四首目、「行李」を舟に見立てて遊ぶ、というのも、懐かしい共感を誘う場面であろう。この歌で驚かされるのは、舟乗りごっこをしていた二人のいとこが、そのまま「彼の岸に着く」つまり亡くなった、と突然につながれているところである。実際に亡くなったのは、ずっと年取ってからだろうから、この表現は非常に強引である。しかし、そのように感じることはあるのではないか。子どものころの記憶が鮮明な人が、ふいに亡くなると、幼年から老年まで、一気に時間が飛んでしまったような感覚に陥ることがある。そうした時間の不思議さに、この歌は確かに触れている。

最後の歌からも、時間のなまなましさを感じることができる。鶏の産んだばかりの卵には、糞やわらくずなどが付いているから、布で拭いて玉子屋に売る。母の手の動きを真似ながら、無心に働いた少女期の記憶が、歌の中にくっきりと刻み込まれている。「ぬぐふ日々ありき」という字余りのリズムも、重い響きを作り出している。長谷部さんの言葉は、字余りによって、ずっしりとした手触りをもつことが多い。

過ぎてしまった時間を、リアルな言葉として留めておこうとすること。それが長谷部さんの歌に太く流れている動機であろう。

帰りたいとまた母が泣く夕暮れに荷物まとめて　家はここなのに

荷をつくり門前に明日の迎へ待つ月下に透ける母はさびしく

いいことが起こりさうだね母とならび藍に移ろふ空を眺める

記憶の中に強く残っている母も、現実には老いて衰えてゆく。二首目は歌集の題名となった歌であるが「月下に透ける」――そんなはかなさを感じさせるのである。消えてしまいそうな母と寄り添う暮らしが、この歌集にはしばしば描かれていて、静かな味わいを生み出している。三首目の「いいことが起こりさうだね」には微妙な陰影があり、「藍に移ろふ空」と重なると、そのように母と自分に言い聞かせるしかない心細さや哀しさが伝わってくるように思われる。

菜畑《なばた》から一分《いちぶ》へ向かふ土の道水たまりを跳び友追ひかけて
石切と生駒の間に孔舎衙《くさか》とふ駅ありしこと知るはいくたりか
狭《せば》き土地の意味もあるらし洗馬《せば》といふ宿駅めざし日陰を歩く

地名への深い関心も、長谷部さんの歌の大きな特徴である。「菜畑」「一分」

は、故郷である奈良県生駒市にある地名。また「孔舎衙」は、生駒へ向かう鉄道（近鉄奈良線）にあった駅らしい。「洗馬」は長野県塩尻市にあり、伯父母が住んでいた町のようだ。こうした地名に宿っている土地の歴史に、長谷部さんは強く共鳴している。長い時間の流れの中に、自分は一点として存在しているのだという意識が、確固としてあるのかもしれない。

長谷部さんの歌には、父母を除いて、あまり多くの人が登場しない。夫や子の歌は、同世代の歌人と比べると少ないほうだろう。そのため、長谷部さんの歌は、どこか孤独感をまとっている。ただ、不安感があるかといえば、それはあまりない。古い土地の中に、しっかりと受け入れられている感じがする。土台を失って揺らいでいる現代的な不安感とは、異なった感覚があるのである。初めに書いた古い家への愛着も、それにつながっていく。

この歌集には旅の歌も多い。「虹色に輝る——旅の歌百首」は、これまでにあまりない新しい試みであろう。その旅も、土地の持つ古い時間に感応するためのものである気がする。

酒田行きを待つ余目駅《あまるめ》二番ホーム端がうつすら雨に濡れをり
干菓子屋の抜き型は日にかわきゆく桜いろの糖少しはみ出て
峠道に水仙を積むトラックとゆるゆる行きかふ　路肩には雪
道問へば八朔を選る手を止めて菅公の井戸へ伴ひくれたり

一首目の「余目駅」という地名のユニークな響き。二首目の細やかな物の観察。三首目は早春らしい美しい情景だが、「ゆるゆる行きかふ」という字余りのリズムによって、ゆっくりと山道ですれ違う様子が活写されている。

四首目は、八朔を選り分ける作業をしていた人が、わざわざ菅原道真ゆかりの井戸まで連れていってくれた、という場面を描く。八朔の黄色が目に浮かび、旅先での人との触れ合いの嬉しさが伝わってくる歌であった。その土地に住む人々にとって、菅公は時間を超えた身近な存在なのである。

長谷部さんは、旅先でさまざまな時間に触れている。そのことが、長谷部さん自身が持っている時間感覚を、さらに豊かにしてくれたのだろう。

戸袋に何枚もの戸をしまひをり皐月《さつき》の庭も山もひとつづき

こうした不思議な歌に立ち止まる。緑が茂り、「庭も山もひとつづき」になったということだろうか。感覚を膨らませながら、遠くのものへつながっていく動きが、長谷部さんの歌にはあり、それが独特の深い印象を生み出しているように思われた。

この文章は、あくまでも一つの読み方を提示しているにすぎない。たっぷりとした厚みのある歌集である。さまざまな角度から、『月下に透ける』が評価されることを願っている。

あとがき

これは、私の初めての歌集です。六十歳になったら人生のひとくぎりとして歌集を出そうと、心のどこかで考えていたような気がします。仕事（中学校の教員）を定年で辞めた後、自由な時間はいっぱいあったはずなのに、日々の雑事に追われ、なかなか前へ進めず、とうとう六年も過ぎてしまいました。

教師であったころから、大阪の西梅田にある毎日文化センターの河野裕子先生の短歌講座に通っていました。阪神大震災の起こった年の四月から習い始めた短歌は、今年で二十二年目になります。（「塔」短歌会へも同じ年に入会しました。）

「生徒に教える」日々の仕事から一転して、「先生に教わる」ことは、なんて魅力的だったことか。河野先生のお話はあっちこっちに飛び、ホワイトボードに勢いよく図や歌を書かれて説明された後、いつの間にか受講生一人一人の作品の評にお話が戻ってきて……。

講義の二時間は濃密で、真剣な学びのひとときでした。
　先生は決してお世辞でほめることはされませんでした。ほめる時は、受講生の歌に本当にほれこみ、「この歌に出会えて良かった」というようなことをおっしゃいました。私もたった一度ですが、「どうしたらこんな歌できるの」と真剣に聞かれたことがあります。新人の私にはビギナーズラックとでもいいますか、偶然でき上がった歌だったのですが、先生の言葉は、とてもうれしく、忘れることのできない思い出となっています。

「いつか歌集を出そう」――その思いは徐々に高まっていき、日に十首ずつ、今までに作った歌をパソコンに入力していきました。足元では猫がじゃれつき、時々猫の相手をしながら、少しずつ進めていきました。その猫は十九歳で、二年ほど前に天寿を全うしました。母も私の歌集ができるのを楽しみにしていてくれたかもしれません。その母は、昨年十二月に九十四歳で亡くなってしまい、とうとう間に合わなかったけれど、きっと母は、私を遠くから見ていてくれるでしょう。

　母の歌が思いがけず、多くなりました。若く潑剌として、いくつもの仕事をこなしていたころの母の姿も詠むことができ、時間が過去に巻きもどされたような幸福感を味わいました。九十四歳になるまで、弟夫婦やその家族の元で手厚い介護を受け（途中左右の大腿骨骨折のための二度の入院手術もありましたが）、リハビリをして、杖をついて歩けるまでに回復しました。死の直前まで、車椅子をわが脚のように自由自在に使いこなし、病院の廊下を動き回っていました。その母の姿を今も思い出します。歌集名の「月下に透ける」は、第三章にある「荷をつくり門前に明日の迎へ待つ月下に透ける母はさびしく」という歌より取りました。このころの母は、九十歳を越え、認知症が進み、デイサービスに通っていました。もう「デイサービスに行くのは明日だ」ということがわからず、前夜からタオルや着替えなど準備を整え、迎えの車が来るのを、門の前でぽつねんと待っていたことを歌にしました。娘としてはつらい思いもありますが、不思議な透明感が出ていて好きな歌です。

短歌に詠んでいる場所の多くは、祖父母、父母や弟たちと過ごした、奈良県生駒市の田園風景。そして結婚してから長く住んでいる大阪市西区の京セラドームの見える町です。娘が結婚して、長野県安曇野市へ行ってからは、孫に会いたくてよく出かけました。

長野県内のあちこちを歩いたこともたくさんの短歌の題材になりました。

河野先生の闘病中からお世話になっている池本一郎先生からは、「定型を守ること」を厳しく指導していただきました。松村正直先生からは、私の苦手な文語文法をわかりやすく教えていただいています。吉川宏志先生は「歌のリズムを大切にするように」といつもおっしゃいます。なかなか守れないことばかりですが、意識して歌を作るようにしています。

歌集を作る手始めとして、これまでに作った歌の中から約七百首をパソコンに打ち込み、プリントアウトしました。吉川先生にその中から四百数十首選んでいただき、それを元に構成しました。第一章は、今から十年以上前の歌。第三章はここ最近十年間ぐらいに詠んだ歌を中心にほぼ制作順に並べています。旅の歌は、連作でほとんど詠むことがなかったので、元々は二、三首ずつぐらいバラバラに入れていたのです。それらを抜き出し、地名を詞書きにし、百首まとめて第二章といたしました。いろいろな地で詠んだ思い出多い旅の歌を、捨てることなく、この歌集に収められてうれしく思っています。

尊敬できる師や先輩の方々、真剣に短歌を語り合える友人たちとの数々の幸せな出会いがあったことも、長く短歌を続けることができた理由です。「塔」の旧月歌会や奈良歌会などに出席して、的確な評に触れ、短歌を深く学ぶことができました。他の結社の方々や、他の歌会から学んだことも数多くあり、ありがたく、本当に感謝しています。

最後に、ご多忙をきわめる吉川先生には選歌からかかわっていただき、貴重なアドバイスを頂戴しました。さらに跋文もお書きいただきました。望外の幸せでございます。初めての歌集づくりで、何もかもわからないことだらけの私がする多くの質問や相談にご丁寧にお答えいただいた砂子屋書房の田村雅之さん、きれいな歌集に仕上げていただいた装幀家の倉本修さん。本当にありがとうございました。心から御礼を申し上げます。

二〇一六年五月八日

長谷部和子

歌集　月下に透ける

二〇一六年八月一〇日初版発行

著　者　長谷部和子
大阪市西区北堀江四―一二―一〇―一三一七（〒五五〇―〇〇一四）
発行者　田村雅之

発行所　砂子屋書房

東京都千代田区内神田三―四―七（〒一〇一―〇〇四七）

電話　〇三―三二五六―四七〇八　振替　〇〇一三〇―二―九七六三一

URL http://www.sunagoya.com

組　版　はあどわあく

印　刷　長野印刷商工株式会社

製　本　渋谷文泉閣

©2016 Kazuko Hasebe Printed in Japan